나그네

나그네

초판 1쇄 인쇄 2013년 11월 08일
초판 1쇄 발행 2013년 11월 15일

지은이	조 규 찬
펴낸이	손 형 국
펴낸곳	(주)북랩
출판등록	2004. 12. 1(제2012-000051호)
주소	서울시 금천구 가산디지털 1로 168, 우림라이온스밸리 B동 B113, 114호
홈페이지	www.book.co.kr
전화번호	(02)2026-5777
팩스	(02)2026-5747

ISBN	979-11-5585-073-2	03810(종이책)
	979-11-5585-074-9	05810(전자책)

이 도서의 국립중앙도서관 출판시도서목록(CIP)은 서지정보유통지원시스템
홈페이지(http://seoji.nl.go.kr)와 국가자료공동목록시스템(http://www.nl.go.kr/kolisnet)에서
이용하실 수 있습니다.
(CIP제어번호 : 2013022988)

나
그
네

조규찬 지음

book Lab

인사말

아버지께서 세상을 떠나신 지 어느덧 13년의 세월이 흘렀습니다. 생전에 시집을 출간하는 것이 소원이셨는데 여러 가지 여건으로 출간을 못하셨습니다. 그나마 모아놓았던 작품집마저 분실하셔서 낙심하시다가 돌아가셨는데, 우연히 작품집이 발견되어 이렇게 유고시집을 출간하게 되었습니다. 아버지께서도 기뻐하시리라 믿습니다.

이 시들은 아버지께서 20대 중반 감성이 풍부한 시기인 1970년대 초반에 지은 작품들이 대부분으로 순수 서정을 노래하고 있습니다. 아버지께서는 당신의 작품처럼 농촌 마을에서 소탈한 삶을 사시다가 55세로 생을 마감하셨습니다.

소박하고 따뜻한 작품들을 통하여 잠시나마 현대의 복잡한 세상을 뒤로 하고 인간의 순수한 감정으로 돌아가는 시간이 되었으면 하는 바람입니다.

2013년 가을

아버지를 사랑하는 가족들

차례

9월에

나붓이 쏟아지는 햇살에
오곡의 영그는 마음이
마을로 달리는 계절

파아란 하늘 가득히
보라빛 순정은
넘치고

그리움 달래며
기다리던 사람이
빠알간 능금 안고
오실 계절

달님은 창가에 앉아
몽실몽실 피어나는
국화의 꿈을
키운다.

봄이 오는 곁에서

발밑에서
씨알이 요란스레
싹을 뿜는 소리.
마음 한 구석으로
훈훈한 정이 인다.

차가운 눈 덮이던 날
떠났던 친구는
올봄엔 꼭 돌아온다고
눈물로 쓴 타향 얘길
고백해 왔다.

남산 가득히
봄이 오는 소리

나는 풍요를 그리는
화가로 웃고 있다.

금산 기행

가슴 깊이에
스며오는 인삼 내음
그 덕분에 노인들은
팔순을 넘고서도
삼복더위를 모른단다.

하이얀 살결이라야
미인이라는
도회인들의 극성은
예서는 귀설은 얘기

거므스레 꾸밈없는
아가씨들은
미인은 아니더래도
예쁘기만 하더라.

청산 골골마다
여울은 노래하고
옹기종기 마을마다
인심도 좋아, 좋아

여장 챙기는 나그네
떠나기도 서운한가
금산문 뒤로 뒤로
돌아돌아 보더라.

가을과 소년

소년은 가을이 좋아서
덩실 춤을 추었다.

된서리가 앙콤히
국화꽃잎 떨치던 밤에도
창가에 달빛이 밝아서
소년은 그대로 즐거웠다.

누우런 낙엽이 세월을 안고
떨어질 때도
소년은 눈치 채지 못하고
빠알간 감이 사랑스러워
흥겨운 마음이었다.

그러나
기러기 울음이 처마 끝에
맴도는 저녁
아빠가 달력을 넘기시며
십일월을 읽으시던 날

소년은 비로소
조그만 아쉬움이
아련히
가슴을 스치는 소리에
소리 없는 눈물을 흘렸다.

5월의 한낮

작은 새 나래 접고
가지에 앉아
오수에 젖은
5월의 한낮

5월을 기는
하늘이
징그럽도록
푸르다.

보드라운 잎새
깔고 누워
사랑을 그리는
이브의 마음,

휘파람은 휘파람은

즐거운 시간만의

노래는 아니다

멀리서 가까이로

넘치는 그리움

5월의 태양 아래

오도 가도 못하는 세월

이 세상 모두가

바보, 바보, 바보가 되려나.

무상

비구름 가고
별들의 웃음이 차운 밤
뜨락에 가득한 귀뜨리 울음
달리는 세월이 아쉽다.

쉰 남아 외로움 달래며
한숨 마시던 양지할멈
세상을 울다 떠나간 지난해
이맘때
한밤을
동리 아낙네들
슬피도 울더니만……

부엉새 울다 날아간 가지
낙엽 두어 개 떨어진다.
그래도 잎은
늙어서 고와 좋으리.

깊은 밤

돛단배 시름없이

주낙 던지는

늙은 태공은

무슨 보람을 건지려고

저리 궁상일까?

나그네

긴
여로는
끝없는 무정

해
바다로
숨어 갔어도

갯바람
따라가는
나그네.

호숫가에서

구름
머흘러
꽃송이 이루고

호숫가 태공은
잉어 낚으며
흐뭇한 얼굴.

비탈길
어깨 나란히
오르는
젊은 한 쌍
꿈은 마냥 부풀었을 게다.

바람
산들
얼굴 설레고
가는
호수에 잠긴
마음들
한없이 맑으나 맑으리.

낮잠

가지에 열린
잎들도
낮잠에 젖어
산과 들이
그림처럼 아늑히
먼데

보리밥에
열무김치
고추장 섞어 비벼
먹고

정자 밑
밀짚 방석에
누웠다.

파아란 하늘
꽃처럼 화-아-ㄴ한
흰 구름 위에서

선녀가 나를 보고
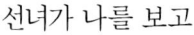
사-알짝

웃어

누가 볼까

몰래

따라 가려니

옆에 누운 아이들

수선 바람에

그만

꿈을 잃었다.

옛터에서

옛날은 가없고
폐허가 깊은 땅
쓰러진 돌담 아래
다람쥐 혼자서
외로움을 놀린다.

산 너머 저 하늘 아래엔
마을이랑 있으련만
예서는 그런 풍경은
옛날에나 있었던
잊혀진 그림

고요에 묻혀버린 고독에
흘러가 없는
지금
나는

옛날에 예서
한 소녀를 사랑하다 못해

고향을 떠나야 했던
가난한 소년의 모습을
찾고 있다.

봄길

단정히도 흘러내린
검은머리 분홍 어깨에
실비가 조심조심 내려
앉는다.

저 아름다운 여인에게
소탈한 사나이가
사랑을 그려봄은
아마 하느님의 장난일 게다.

하늘하늘 나비 타고
꽃바람 불며
남산 오솔길을 가는
여인이여

그대 고운 가슴에
파도치는 내 마음을
드리우고
이 고운 길
봄길을 걸으면
어쩌하리오.

타향길

산봉에 걸린 구름
외롭고,
멧새 새끼 어미 찾는
울음은 서럽다.

황혼 내리는
보리밭으로
비둘기 한 쌍
다정스레 노니는데.

임 잃고
고향 떠나온 마음
그리움에 젖어 운다.

달밤

은가루 하이얀
비 오듯 쏟아지는 숲속
꽃사슴 한 쌍
다정스레 옹달샘에 발 적시며
속삭이네.
나뭇잎에 앉은 이슬
금빛 반짝
여인의 눈에서는
별이 웃는다.

아—!
저기 이슥한 데서
꽃잎이 방긋 웃어
향기
바람에 실어 보내네.
여인은 취하고
사내는 홍 돋을 내음
암사슴의 간지러운 웃음
고요가 두터운 골짝을 나르네

아—!
포근한 달밤
뜨거움에 흐느끼는
젊음이여!

그믐밤

앙상한 울타리에
지— 지— 지—
굴뚝새 한 마리
저무는 한해를
울었다.

아직은 올해에
못다 한 꿈도
많은데

빛없는 그믐밤
달력을 바꾸며
영시를 알리는
성당의 종소리에
별들도 잠든 허공을
바라
긴—
한숨을 날려야 했다.

그대에게

지질히 실비 내리는 밤
희미한 호롱불 아래
초졸한 그림자
들랑이는 추억에
펼쳐드는
먼지 묻은 사랑편지.
십년을 하루같이
그대를 위하여 살아온
머슴살이
지난해 이맘때
실비 오던 밤
그대혼자 홀홀히
사랑을 두고
갔느니
생각할 것 없는 지금
떠오르는 당신 생각에
울어야 하는 마음
울어야 하는 마음을……

정자 밑에서

빠알간 파라솔
정열이 타는
미니스커트 아가씨
선글라스
매끈한 다리가
서글한 마음을
뿌린다.

가슴으로 안기우는 바람
말매미 울음
비 오듯 쏟아지는 한낮
정자 밑은
강고니 두며
어린 시절을 더듬는
마음들로 붐빈다.

백사장에서

수신이 오수에 젖어
잔잔한 강물 위에
가을이 그 맑은 마음을
고요히 흘리고 있다.

따사한 한낮
저 고운 산
송이 익은
밤나무 아래서는
다람쥐의 조그만 꿈이
이루어져 가고
물새 울던 백사장
느티나무 아래
소년은 홀로 앉아
아름다웠던 옛날
고향의 추억을 더듬고 있다.

4월의 노래

진달래 꽃술에 가슴을 담자.
저렇게 파아란 하늘 아래선
눈썹만한 미련도 감출 수 없구나.

예전엔 2월 따라 피었나본 매화가
오늘이사 정녕 꾀꼬리를 부르는 날
사륵사륵 분홍치마 눈단장 곱게 빗고
사랑 따라 하늘하늘 나들이 간다.

저 요염한 햇빛 맞으며
너는 '이브' 나는 '아담'이 되어
몸도 마음도 가난한 이대로
꽃노을 아늑한 동산에서
둘이서 하나 되어 불타고 싶다.

4월은 꽃의 달
4월은 젊음의 달
4월은 새 역사의 달
4월은 희망으로 부푸는 계절.

고향 그리던 밤에

달밤
오동나무 그늘 아래
풀벌레 노래에
만수산 머루, 다래
알알이
영글어 가고

밤나무 베고 잠든
다람쥐의 꿈은
풍년 가슴으로
부풀었다.

여름내
별이 잠긴 호숫가에
시름 안고 울던 여인
임 찾아갈
계절.

단풍 곱게 내린
오솔길 따라
나도
항상 그립던
고향엘 가야지.

회상

하이얀 손수건을
그토록 오랫동안 흔들고 서서
너와 나의 눈물을
안녕으로 달래던 날

생각하면 모질게도 짧은 삶을
계절은 덧없이 세월을 몰고 와서

꽃잎은 허공을 날으며
영영 남북으로 떨어진 채
연륜을 헤아려야 한다.

떠날 제 정 모아 심고 간 벽오동이
지붕 위를 오르도록
그리움은 가지마다 사무쳤구나.

달빛 은은한 강변에서
우리들의 옛날을 찾으려고
옛정 어린 그 언덕에 서면
가슴엔 그리움이 넘쳐 아플 뿐
아쉬운 마음이사 달랠 길이 없구나.

봄길을 걸으며

봄날
날은 참 좋은 날
노래하는 새는
종달이 그뿐
아니다.

겨우내 춥던
가지
봄기운에
쑤―욱 쑤―욱
잎 돋아 나오고
동네 조무래기들
양지쪽 언덕 아래서
웃음 줍는데

여봐
'정숙'이
우린 올 봄에도 또
저런 맑은 웃음을
못 웃어 볼까?

역(驛)마을

사슴이
긴 목을 빼고
외로움을 뱉었다.

아직은
차갑기만 한 것도
아닌 하늘엔
한 무리 어린 별들이
쓸쓸함을 그렸고

고향을 알 길 없는
여인의
찢어진 가슴에서
뭇 사내들 냄새
쏟아지고

들리다 아니 안 들리다
여운만 남는
기적 소리가
초저녁
역마을을
울리고 간다.

실로(失路)

인정이 사라진 거리
꽃들은 바람을 몰아
하늘로 사라져 간다.

꽃잎 승화한 고목
가지 아래 떨어진
누우런 잎들의
사랑을 잊어버린
슬픈 울음이
작은 새 입술에 묻고,

고향도 이름도
기억 못하는
망령 들린 늙은이의
등 봇짐 속엔
갑자(甲子), 을축(乙丑)…… 을
몇 번쯤 적어본
구겨진 종이 한 장이 있을 뿐

이끼 낀 세월의 자취는
찾을 길 없다

허공을 달리는
별들의 미소
하늘을 날으는 영혼의 마음
모두가 허망한
꿈에 젖는데
떠도는 계절 위에
피어나는 세월이
고독마저 잊어버린
가슴속에
한 아름 아쉬움을
쏟고 있다.

노인의 얘기

노인은
가쁜 숨을 내쉬며
잔을 비웠다.

조금은
붉어진 얼굴로
먼 하늘
허공을 바라
가느다란
두 줄기 눈물을 흘리며
비애를 삼켰다.

그리곤 더듬더듬 죽어간
망자(亡子)의 얘기를
털어 놓았다.
미남에 재주도 참 좋은 놈이었다고……
억지로 웃음을 그려내는
주름 깊은 이마에
한 줄기 어두운 슬픔이 흘렀다.

잊어야 할
그러나 이제는 잊을 수 없는
지난 얘기를 가지고
노인은 그렇게 괴로워하며
쓴 잔을 또 들었다.

산길에서

산새
가지에 앉아
평화로운 세상을
노래하고
고갯길 빙판길 가는
미니스커트 아가씨의 다리는
창조주의 아름다운 마음을
엿보게 한다.

이렇게

흰 눈이 펑펑

쏟아지는 날

여인의 빨간 입김을

받아 마시며

아무도 보지 않는

산길을

걸을 수 있다면

세상에서는

그보다 더한 행복은

없으리.

칠석(七夕)

옛날엔
명절이었을
오늘은 까치도
한 마리 없구나.

도도히 흐르는
은하강 나루터

동서로 떨어져
애태우는
견우, 직녀

이제
영영 눈물로
세월을 넘어야 하나

삼시(三時)를 지난 밤
사랑이 그리워
몸부림치는
한 쌍을 위하여
저렇게 별들만
우는가 보다.

새해 아침

새 노래 부른다.
새해를.

아쉬움으로
끝난 지난해는

이제는 먼 훗날에
얘깃거리로만 남을 테지.

밤, 대추 움켜쥐고
둥실 춤추는
아가의
꿈은 어떤 꿈일까!

해도 달도 그리고 별도
새로운 힘에 넘치는데
친구여!
우리 이렇게
취흥에만 젖지 말고
대망의 꿈을 살려
일어서세.
어서—
내일을 향하여.

유강에게

잔잔한 강물처럼
그대 마음 곱디곱고 맑은
순정과 사랑이 넘치는
'이브'가 되라고
어버이 그대
낳으시고
'유강'이라
이름 하셨다는데
바람에 떨어지는
꽃잎처럼
허공을 나르다
지고 또 나는
홍등가 밤의 꽃이
웬 말인가?
언뜻 불다 가는 바람
설워 우누나
돌아설 줄 모르는
그대 마음을……!

거리

낙엽
울고 간 거리에
껌팔이 소녀의
쉰 목소리가
가슴 깊이
슬픔을 싣고.

낙엽
퇴색한 거리에
짧은 치마 아가씨
요염한 웃음이
사내들 마음에
파문을 일게 하고.

낙엽
부서진 거리에
고독이
내리는
밤 한 시
아픔의 소요를
달랠 길 없는
인생은 괴롭다.

연못에 살자

너의 가슴 깊이
연못을 파고
나에 마음 살을 뜯어
둑을 쌓고
우리 그곳으로
뛰어 들자.

그렇게
항상 취한 듯
몽롱한 마음을
버리고
야—!
여기는 따스하구나.
밖은
저렇게 찬바람 불고
눈비 오는데
여기는 언제나
장미꽃 피고
나비가 춤추는구나.

너의 가슴 깊이

연못을 파고

나에 마음 살을 뜯어

둑을 쌓고

언제고 언제고

여기서 살자

영원히 영원히

사랑과 웃음이

마르지 않는

연못에 살자.

고향을 떠나며

차운 바람 일고 가는
들 보며 걸었소.
비스름 담장에 기대
우는 그대여.

다시 만날 내일일랑
기약을 말자.
가난한 사나이는
사랑도 서럽다.

고개 넘다 다시 한 번
뒤쫓아봤소.
조소하며 비웃는
싸늘한 고향.

이제 일생 두 번 다시
생각 말자고

마음을 굳게굳게
다짐하건만
왜인지 슬픔 넘쳐
통곡하였소.

인생사 넘고 보면
모두 헛된 일.
미움도 아쉬움도
꿈으로 돌려
남은 세상 사랑으로
살으오리다.

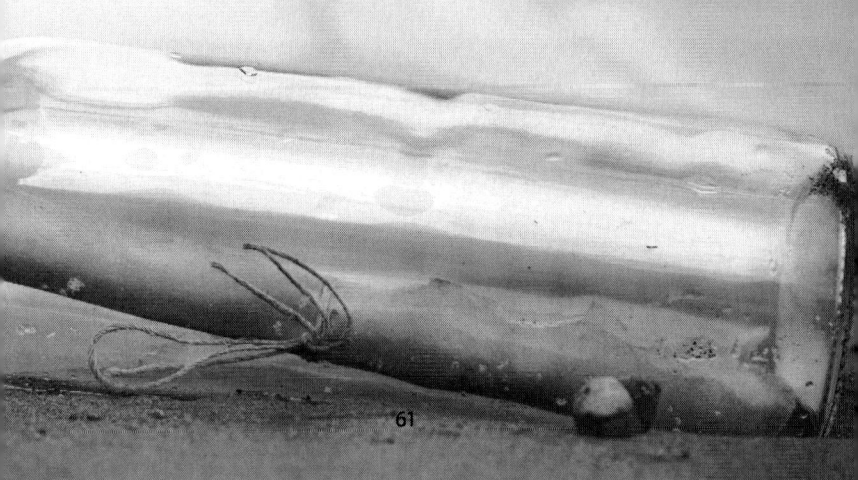

초추(初秋)

포도는 익어
빠알간 정열을 쏟고
여름내 푸르던
산에 들에
아픈 열매의
보람이 서린다.

풍요가 끝없는
지평선
외줄로 뻗어난
신작로
달리는 차창에
매달리는
플라타너스.

조금은 외롭지만
하늘에서 땅 위로
땅에서 하늘로
가득 찬 계절이
선량한 바람을 일으켜
마을과 마을마다
그리운 사랑을
열리게 한다.

8월

정자나무 그늘 아래
홀치기 하는 여인이
8월을 이고 있다.

입추를 셈질하여
아가 손 닮은 김장밭에
고추잠자리 한 쌍이
가을을 그리고

말복을 걸머지고
주체할 수 없는 몸을
땀 흘리는 해님이
밤이슬 고운
달님의 입술에
뜨거운 정을 팔고

가만 가만
붉어오는 사과밭에선
젊은 연인들의
석류빛 사랑이
터지고 있다.

보리밭

실비단 흐르는
보리밭으로
종달이 노래
쏟아지고.

겨울을 앓은
아가씨가
꽃 찾아 날던
수나비 볼에
입을 맞추고
제풀에 붉어
골에 숨는

봄날

보리밭은

뭇 생명이

품는

사랑 숨결에

뿌듯한 향기

풍긴다.

여름

바람 가만히 싸리잎 쓰다듬고

베적삼 시원한 잠자리 옷섶에
여름이 나른다

난초 향기 은은한
돌담 아래 삽살이는 한낮을 졸고

붉으레 익어오는 일년감 밭에
미소 가득한 여인의 눈망울

고운 사랑이 흐르고 있다.

여름밤

견우와 직녀의
눈물이 고여
그토록
그리움 맺힌
은하의 강에

까막까치 분주히
오작교를 놓는데
군대 간 석이 아빠
소식이 없어

이 밤
타오르는 여심(女心)을
어이 세울꼬.

세월 속에서

희미한 기억으로
쏟아지는 하늘이
지쳐 노오란
가슴속에 머물고

천년을 걸어도
다 못할
저 먼 길을
걷다
긴
한숨을 잡다.

어쩌면
있을 듯, 없을 듯
있고도 없는
세월 속에서

우리는 이렇게
몸부림쳐
울 까닭은 없는데……

날 저무는 바다
저 멀리
한없이 밀려오는
파도를 보며
아픔을 깨무는
마음이여!

그리움

그리움이 겨워
졸음이 소르르

꿈에서 보는 얼굴은
잠이 깬 뒤엔
다 못한 하소가
하도나 많아
가볍도 무겁도 못한
애달픈 심사

별빛은 밝을래도
구름이 머흘져라.

해변

파도 가슴으로 밀려오는
해변
비린 바람에
천년도 더 깎인
바위 위에
해송은 홀로
바다처럼 넓은
마음인데……

모래구멍 속으로
들랑이는
얄미운 달랑게는
어쩜
내 자화상

예전에

이미

잊어야 할

첫사랑의 연인을

못 잊어서

밀물이 던지고 간

조개껍질 주우며

못난 눈물을

떨쳐보는

계집애 그 연한

마음은

한없이 출렁이는

파도에 부딪쳐

부서진다.

이제

초동의 노래는
이제
슬픈 가락은
없다.

어머님
풋보리 찧으시며
눈시울 붉히시던
그 날들은
지금은 아주 먼
옛날 얘기처럼
기억에 희미하고

산허리 뚫는
불도저의 굉음
들리는 강 언덕
살찐 양떼들의
꿀샘은 넘쳐
다롱거리고

풍년 가득한
들 가운데
새로 난 농로로
경운기가 늠름히
달리고
우윳빛 얼굴
하이얀 교복
단정히
웃음 날리는
여고생들의 맑은
얼굴이
보기에 참 좋다.

촌노(村老)

누더기 적삼깃에
세월의 때 묻고

밭고랑처럼
주름진 얼굴엔
인고에 저린 아픔이
흐르고 있다.

매미 울음
졸리운
느티나무 그늘에
담뱃대 꺼내 물고
한숨 돌리는

촌노의 두 눈엔
아쉬운 옛날
세상을 잡으려던
욕망은 사라졌어도

손자 놈 대학 보낸

즐거움에

조그만 웃음이

넘쳐흐르고 있다.

월급날

빗소리 뜯으며
오막살이 찾아가는
피곤한 다리가
천근이나 무겁다.

오징어처럼
일그러진 월급봉투에
기다리다 지쳐 있을
스무 개의 눈동자……

삼십을 기어온
세월인데
기억에 남은 건
가장이란 허울뿐
등살이 쑤셔오는
아픔이사 견딜 수가
없구나.

파리에서 날아온
양장지를 두르고
거리를 누비고픈
마음이사
아내의 소원만도 아닌데……

철이 놈과 약속했던
백 원짜리 초코렛
한 갑 못사는
아!
괴로운 마음
가슴 아픈 날이여!

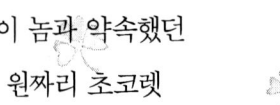

밤부두

뽀오얀
해신(海神)의 입김으로
거친 숨
몰아쉬던
바다도 이젠
고요히
깊은 잠에 묻히고.

이국행
뱃고동이
슬픈 여운 속에
멀리로 사라져 가는
밤부두에

갈매기 떼

그리움은

잠

　　　　마음이면

연인의 귀향길은

십년이나 흘러가고

오실 듯 오시지 않는

그이 얼굴

세월 속에서 자꾸

멀어

밤부두에 우는

여심(女心)

달랠 길 없구나.

봄무덤 앞에서

나비는
꽃숲에 누워
고운 꿈을 키우고

사내는 걸음 줄이며
보리밭에서 달래 캐는
아가씨의 두 볼을
훔쳐보는.

아지랑이 손짓에
구름이 웃고
남향받이 무덤
기대
봄을 씹는.

아一!
다정이 넘쳐
흐르는
젊은,
봄날一!

3월

버들강아지 눈뜰 때
따사로운 햇빛은
꽃망울을 만들고

아지랑이 아물아물
남산너머 봄아가씨
임을 찾아 오시도다.

한 점 남은 검은 구름
꽃시샘이 하도 나서
실풍 사이 가만가만
눈날 던지나
누가
겁을 낸다나.

외양간 송아지
밭갈이 가는
엄마 따라 아장아장
나들이 가는
한낮

양지쪽 두덩에서
봄을 캐는 소녀여!

저 파아란 하늘에
넘쳐흐르는
3월의 강
봄 물결을 보오시오라.

젊은이

늙은이의 죽음은
당연한 것처럼
젊은이는 표정을 잃고
바라만 봤다.

아직은 잎도 푸르고
가지도 좋아
풍성한 열매를 맺는
재 너머 사과밭의
가을을 생각하며……

젊은이는 만사를 쓰면서도
마음은 항상
삶에 넘쳐 있었다.

상여가 마을을 지날 때
아이들은 길을 피하며
침을 뱉었다.

구경나온 부인네들
따라서……

이윽고 공동묘지
초라한 무덤에
노인의 죽음이
묻힐 때
따라온 노인네들
옛날 일을 더듬으며
통곡하였다.

그러나
젊은이는 여전히
사과밭을 그리며
자신에 넘쳐
있었다.

장마

7월을 삼켜버린
빗소리에
진물이 터져
마을은 온통
곰팡이 슬고

산도 들도 하늘까지도
병이 들었다.

조그만 칼로는
수술할 수 없어
의사들은 병원 문을
나서며
한숨짓는데

계절은 여전히
마음을 모르는 채
물세례를 내리고 있다.

오늘의 세류

구름 위에 여인이
폐병 들어 신음한다.
의사들은 저마다
명약이라고
풀뿌리를 주고가지만
여인은 천연하게
병을 앓았다.

저—
검은 바람 속으로
들리는 아우성
송장 썩는 냄새.
미친 귀신들의
자지러지게 가슴이
타는
울음소리
울음소리.

중천 달이
가슴으로 떨어지는
짧고도 긴
봄밤을
못난 계집애
찬물에 얼굴 담는데
별들의 광란
살구나무 꽃숲으로
내려앉는다.

달리는 게 아니라
땅위를 기어가는
삼등 열차 안
절름발이 앉아 조는
맞은편 의자

헝클어져 볼품없는
빨간 보퉁이
제 딴에는 그래도
희망을 안고
도둑놈이 다 된

사내 찾아 집나온
가엾은 계집.

한 아름은 실이 될
암 독사
값비싼 양털로
몸을 감추고
서울 한복판
종로 거리
수고양이 사냥을 나서는
위험한 골목

나는 인간이라는
낡은 이름표를
가슴에 부친
얼빠진 원숭이들이
기어간다.

발가벗은 채
발가벗은 채로—.

바닷가 술집에서

술을 따르는
여인의 손가락은
세파에 멍든
아내의 손길보다
차라리 곱다.

꿈속을 헤매는
마음은
고독을 잊을 수도
있는데
해 지는 바닷가
끝없는 사장을
시름없이 걸어가는
갈매기야 너는
눈물도 많구나.

천년도 더 오래
웅크린 바위는
세월의 쓰라림에

지칠 줄도 모르는데
진달래 꺾어
품에 안고 웃던
아가
할망구 무덤가에
할매꽃 휘어잡고
통곡하다니……
술을 따르는
여인의 눈에서
허망한 사랑이
쏟아지고

고향이 천 리나 먼
길손은
계절이 가만히
왔다가 떠나가도
눈치 채지 못하고
취흥에만 젖는다.

노처녀

멋진 신사 꼭 한 번
와서
가슴 뿌듯이
사랑을 안겨
주겠지.
설마 한평생을
향기 없는 꽃으로 지랴
그녀는 자부심에
불탔습니다.

갈 봄 여름 없이
세월이 흘러
그녀의 얼굴에는
노처녀란 이름이
붙었습니다.

이제는 자부심도
어데 가고
가난한 마음속에
외로움만 남아
그녀는 울어가며
세상을 살아가야
되었습니다.

고향목정

느티나무 아래
낚싯줄 담가놓고
담배 꺼내 불 댕기는
산골의 한낮.

빨래하던 아낙네들
몰려와 소곤대는데
옛날에 소꿉친구
아는 이도 하나
없구나.

고향이라 여기
산마을
십년이라 긴 세월에
찾아온 마음
산천은 변했구나
인심도 가고.

비스름 초가 없고
기와집 소담한데
돌담장 박꽃위에
불던 훈풍 그쳤구나
길손아 발길 돌리자
네 고향이 어드매냐?

입추

구름이 떡 감는 강물 위에
나룻배 한가로이 잠을 잔다.

아직은 바람도 여물지 않아
훈훈한 고향에서 온 마음
그대로 인데
고추잠자리 황소 등에
앉을락, 말락,

어느새 북서편 하늘 한 귀퉁이로
가을이 조그만 숨구멍을
열었다.

봄은 또 오는데

굴뚝새 앉아 놀던
가지
뾰롯이 망울이 트고

음달, 잔등에서
주체할 수 없는 몸을
살랑이는 바람에 사르는
패잔병 같은 겨울의 마지막 여운이
아쉬운 낭만을 일게 한다.

긴 잠에서 깨어나 호흡하는 시냇가
꼬마들 손에 든
갯버들 송이에 숨어 온
고운 봄이 가만히 마음을 부르는데

이젠 앞섶을 꼬옥 여민 가슴이라
선뜻 일어서 사립 밖을 나설
기운을 잃고
해묵은 달력의 역사만을 새기며
한 줄기 긴 숨을
문틈으로 날려 보내야 했다.

행복

젊은이는
사람들 꿈이
아름답게 피어난
도회로 가면
행복이 있을 거라고
고향을 버렸다.
그러나 사흘 후에
초췌한 몰골로
되돌아 와서
산 너머 강 건너
어느 먼 산촌에 가면
행복이 산다더라고
부산한 걸음으로
떠나갔다.

그러나 열흘 후에
되돌아 와서
그래도 고향처럼
따스한 마을은
없더라고 떠들었다.

그러나 몇 날 후엔
또
행복을 찾아
가야겠다고
길을 떠났다.